Varton

°T ¹S₁
e
690
(9)

(9)

PRÉCIS,

Par M. Warton, de son Traité, dont cette page entière constitue le titre.

LA CONSTIPATION

OPINIATRE, INVÉTÉRÉE ET HABITUELLE,

DÉTRUITE TOTALEMENT

SANS LAVEMENTS ET SANS MÉDECINES,

PAR UN

MOYEN NATUREL,

SIMPLE, AGRÉABLE ET INFAILLIBLE,

NOMMÉ

ERVALENTA.

(NOTA. *Des détails très-importants, que ce titre aurait dû contenir, sont consignés à la page suivante.*)

DIX-NEUVIÈME ÉDITION,

CINQ FOIS PLUS VOLUMINEUSE QUE LA DIX-HUITIÈME ÉDITION.

« L'expert (le chimiste Chevalier) a rendu hommage à *l'in-nocuité complète* de ces deux produits (l'Ervalenta, et la Mélasse dite de la Cochinchine,) »
GAZETTE DES TRIBUNAUX du 24 mai 1843, dans son compte rendu du procès intenté contre M. Warton, en Police correctionnelle.

« M. Warton a produit (*à la Cour Royale de Paris*) un *volumineux* dossier de DOCUMENTS qui attestent dans les termes les plus forts et de la manière la plus positive, que l'*Ervalenta* et la *Mélasse dite de la Cochinchine* possèdent bien réellement la propriété de vaincre la CONSTIPATION, et, par cela même, de guérir TOUTES LES MALADIES qui en dépendent, et contre lesquelles la médecine avait été, jusqu'à présent, *impuissante.* Tous ces Documents lui avaient été adressés par des personnes très estimables dans chaque classe de la société, et aussi par des médecins *des plus distingués* de Paris et de la province. Plusieurs de ces Pièces sont *légalisées.* »
Journal du COMMERCE du 8 juillet 1843, dans son compte rendu du procès intenté contre M. Warton, en Cour Royale.

« M. LE PRÉSIDENT SIMONNET consulte ses collègues, et rend un arrêt qui renvoie M. Warton de la plainte portée contre lui. »
Journal du COMMERCE du même jour.

PARIS,

A LA MAISON WARTON, RUE RICHELIEU, N° 68.

—

1843.

IMPRIMERIE DE WITTERSHEIM, RUE MONTMORENCY, 8. PARIS.

AVIS

1° *A MM. les LIBRAIRES qui feront venir de la* Maison WARTON, *à Paris,* nos Publications, *par la voie de leurs Commissionnaires dans cette ville, et concernant la remise que nous leur accordons.*

2° *A ceux qui, sans être libraires, feront venir ces* Publications *eux-mêmes, directement de la* Maison Warton.

PRÉCIS DU TRAITÉ

SUR LA

CONSTIPATION HABITUELLE

DÉTRUITE PAR

L'ERVALENTA.

Ce Précis se vend chez tous les libraires de Paris et des départements, et à la Maison WARTON, à Paris, rue Richelieu, n° 68 (*lieu de sa publication*). — *L'édition de luxe*, augmentée, in-8°, contenant 32 pages, se vend au prix de 50 cent., ou 70 cent. *franco* par la poste. L'*édition* (dite) *du peuple*, in-12 de 24 pages, se vend au prix de 15 cent.

Cependant, *l'édition du peuple* sera expédiée GRATIS et FRANCO à toutes les personnes qui demeurent hors Paris et qui ne trouvent plus de cette édition chez leurs libraires, pourvu qu'ils fassent leur demande *franco* à la Maison Warton. Mais en demandant à cette Maison, *l'édition de luxe*, on doit envoyer, avec sa commande *affranchie*, le prix de 70 cent., comme il est indiqué plus haut, en un bon sur la poste.

La remise accordée aux libraires, sur le Précis (*édition du peuple*), est de 66 p. 0⁄0; mais l'on n'accorde pas de remise, si l'on en demande moins d'une douzaine. La remise accordée sur l'*édition de luxe*, est de 40 p. 0⁄0; l'on ne fait pas de remise pour moins de *six* exemplaires. A la demande du libraire, on joindra aux exemplaires de chaque édition par lui commandés, un *Tableau de fenêtre* très apparent.

PRÉCIS,

Par M. Warton, de son Traité, dont cette page entière constitue le titre.

LA CONSTIPATION

OPINIATRE, INVÉTÉRÉE ET HABITUELLE,

DÉTRUITE TOTALEMENT

SANS LAVEMENTS ET SANS MÉDECINE,

PAR UN

MOYEN NATUREL,

SIMPLE, AGRÉABLE ET INFAILLIBLE,

NOMMÉ

ERVALENTA.

(NOTA. *Des détails très-importants, que ce titre aurait dû contenir, sont consignés à la page suivante.*)

DIX-NEUVIÈME ÉDITION,

CINQ FOIS PLUS VOLUMINEUSE QUE LA DIX-HUITIÈME ÉDITION.

« L'expert (le chimiste Chevalier) a rendu hommage à *l'innocuité complète* de ces deux produits (l'Ervalenta, et la Mélasse dite de la Cochinchine,) »
GAZETTE DES TRIBUNAUX du 24 mai 1843, dans son compte rendu du procès intenté contre M. Warton, en Police correctionnelle.

« M. Warton a produit (*à la Cour Royale de Paris*) un *volumineux* dossier de DOCUMENTS qui attestent dans les termes les plus forts et de la manière la plus positive, que *l'Ervalenta* et la *Mélasse dite de la Cochinchine* possèdent bien réellement la propriété de vaincre la CONSTIPATION, et, par cela même, de guérir TOUTES LES MALADIES qui en dépendent, et contre lesquelles la médecine avait été, jusqu'à présent, *impuissante.* Tous ces Documents lui avaient été adressés par des personnes très estimables dans chaque classe de la société, et aussi par des médecins *des plus distingués* de Paris et de la province. Plusieurs de ces Pièces sont *légalisées.* »
Journal du COMMERCE du 8 juillet 1843, dans son compte rendu du procès intenté contre M. Warton, en Cour Royale.

« M. LE PRÉSIDENT SIMONNET consulte ses collègues, et rend un arrêt qui renvoie M. Warton de la plainte portée contre lui. »
Journal du COMMERCE du même jour.

PARIS,

A LA MAISON WARTON, RUE RICHELIEU, N° 68.

—

1843.

IMPRIMERIE DE WITTERSHEIM, RUE MONTMORENCY, 8. PARIS.

DÉTAILS

La matière qui suit, aurait dû trouver place dans le titre, mais le défaut d'espace ne l'a pas permis.

1° L'Ervalenta amène promptement le canal intestinal à fonctionner comme dans son état normal, c'est-à-dire, journellement, librement, sainement et naturellement.

2° L'Ervalenta, en remettant le canal intestinal dans son état normal, rétablit promptement l'estomac lui-même, si cet organe est affaibli, dans toute sa force primitive ; de là il arrive que, par l'usage de l'Ervalenta, la DIGESTION la plus pénible et la plus lente devient bientôt facile et prompte, et que l'INDIGESTION n'a plus lieu.

3° Le canal intestinal étant rétabli dans son action normale et l'estomac dans ses forces primitives, la GASTRITE et l'ENTERITE, les GASTRALGIES, et les ENTERALGIES, avec toutes les autres maladies douloureuses, opiniâtres et invétérées de l'ESTOMAC et des INTESTINS, se guérissent d'elles-mêmes et en peu de temps.

4° Tout ce que contient le TRAITÉ (dont ces pages ne font que le Précis,) sous le rapport de la guérison des maladies énoncées ci-dessus, au moyen de l'Ervalenta, est constaté comme étant « *la vérité pure, la vérité entière, et rien autre chose que la vérité* » par les PIÈCES que ce Traité contient, et qui consistent non-seulement en de nombreux *Certificats* de plusieurs MÉDECINS CÉLÈBRES, en des *Témoignages* de plusieurs dignes ECCLÉSIASTIQUES, en des *Déclarations* de RELIGIEUSES CLOITRÉES, en des *Attestations* d'une multitude d'autres personnes les plus estimables dans chaque classe de la société, mais aussi en un très grand nombre de DOCUMENTS AUTHENTIQUES produits devant la COUR ROYALE DE PARIS, à l'occasion du procès intenté contre nous à ce sujet, — procès qui a été définitivement jugé en notre faveur, devant ladite Cour, le 1ᵉʳ juillet de l'année actuelle, 1843, par suite d'un appel fait, par le Ministère Public, sur la sentence de décharge rendue, dès le commencement, en notre faveur en Police Correctionnelle. (Voir dans le titre, les trois passages reproduits des Feuilles Publiques.

Nous donnons dans ce petit livre un aperçu de toute la Série de Documents, Certificats, Témoignages, Déclarations et Attestations, qui se trouvent dans notre TRAITÉ, et qui constitue un nombre assez considérable de ceux qui ont été produits devant la Cour Royale de Paris, pour convaincre le lecteur que jamais probablement jusqu'à ce jour, relativement à quelque moyen *nouvellement* proposé pour guérir les malades, il n'a été fourni des preuves aussi claires, aussi complètes, aussi incontestables et aussi multipliées ; car, en lisant l'APERÇU que nous donnons de ces pièces, il remarquera 1°, que les personnes qui déclarent, attestent, déposent, ne sont pas obscures, mais, au contraire, bien connues; 2° qu'elles ne sont pas d'une respectabilité douteuse, mais souvent de la plus haute distinction ; 3° que leurs résidences ne sont pas décrites vaguement, mais indiquées avec la plus grande précision ; 4° que ce ne sont pas des personnes qui demeurent toutes dans le même voisinage, où l'on pourrait soupçonner l'une d'influencer l'autre ;—ou des personnes qui, par la raison qu'elles auraient été facilement visitées par celui en faveur de qui elles portent témoignage, pourraient être soupçonnées d'avoir été influencées indûment par cet individu ; mais, au contraire, le lecteur remarquera qu'elles sont dispersées, sans distinction, sur tout le sol de la France et même dans d'autres contrées ; 5° il observera que ce sont des personnes qui, après nous avoir écrit des déclarations pour être utilisées en particulier par nous, dans l'occasion, afin de nous aider à propager l'emploi de l'Ervalenta, *confirment* à une époque *postérieure* leurs premiers témoignages par de *nouveaux*, donnant ainsi la preuve que l'amélioration qu'elles avaient obtenue dans leur santé par l'emploi de cet agent, n'était pas passagère, mais durable; 6°, enfin, le lecteur remarquera que ces personnes, à la plupart desquelles nous sommes inconnu personnellement, non contentes des efforts si extraordinaires qu'elles avaient fait jusqu'alors pour nous aider dans la propagation de l'usage de l'Ervalenta, *nous suivirent à la Cour de justice* pour appuyer notre conduite par une NOUVELLE SÉRIE DE DO-CUMENTS *infiniment plus forts que tout ce qu'elles avaient écrit auparavant*,---Documents qui prouvèrent de la manière la plus claire, la plus complète et la plus incontestable, que les résultats extraordinaires attribués par nous à l'usage de l'Ervalenta dans nos divers imprimés sont RÉELS ; tellement que nous fûmes renvoyés ABSOUS, en Cour Royale comme auparavant en Police Correctionnelle, de l'accusation portée par le Ministère Public contre nous, et que nous avons obtenu la liberté pleine, parfaite et entière de propager partout, *comme par droit qui nous appartient, à nous seul*, l'usage général de l'Ervalenta contre la constipation, et contre les autres nombreuses maladies qui en dérivent.

Si le temps nécessaire pour lire l'*Aperçu* de tous ces Documents, manque au lecteur, nous croyons devoir solliciter son attention plus particulièrement sur celui des Documents qui ont été fournis par les Médecins, les Curés, et les Religieuses cloîtrées, parce que des déclarations *si peu équivoques et si nombreuses,* provenant de ces trois classes de personnes *à la fois*, ne manqueraient pas de détruire tous les doutes, s'il pouvait en rester dans son esprit.

OBSERVATION I. Aussitôt après le jugement rendu en Cour Royale, plusieurs des Pièces de cette Série de Documents furent reproduites dans les journaux de Paris. (Voir le Journal du *Commerce,* du 8 juillet, et d'autres journaux parisiens de la même époque.)

OBSERVATION II. Les Documents, Certificats, etc. , prouvent que l'Ervalenta guérit, outre la Digestion pénible et l'Indigestion, outre la Gastrite et l'Entérite, outre les Gastralgies et les Entéralgies, outre enfin les autres maladies douloureuses, opiniâtres et invétérées de l'Estomac et des Intestins, un GRAND NOMBRE D'AUTRES MALADIES. « *La nature, avare de moyens, est prodigue de résultats.* »

OBSERVATION III. Il semble nécessaire ici d'expliquer, par deux mots, que la *Mélasse dite de la Cochinchine,* de laquelle il est parlé dans le premier passage cité dans le titre, diffère des Mélasses ordinaires de canne et de betterave, en ce qu'elle ne contient pas les *parties empyreumatiques* qui se trouvent dans ces dernières Mélasses. C'est pourquoi elle n'irrite pas le tube alimentaire, et ne porte pas atteinte aux voies urinaires comme les espèces communes, mais qu'elle produit, au contraire, les excellents effets dont on parle si souvent dans les susdits Documents.

OBSERVATION IV. Pour que le lecteur lise avec plus de fruit l'*Aperçu* des Documents, des Certificats, etc., il importe qu'il prenne connaissance AUPARAVANT de la matière qui les précède dans les *Idées du contenu* des dix-huit chapitres de notre TRAITÉ.

PRÉCIS.

CHAPITRE PREMIER.

Idée de son contenu. — Dans ce chapitre, le lecteur voit plusieurs faits, etc., *importants* reconnus dans la médecine; par exemple : — 1° que la constipation est la cause d'une mauvaise digestion, d'une digestion pénible, et des douleurs d'estomac; — 2° que la mauvaise digestion est la cause d'une mauvaise nutrition, ce qui empêche que les forces du corps ne soient convenablement soutenues, et par conséquent, que les organes, tels que le cœur, le cerveau, les poumons, l'estomac et les intestins, c'est-à-dire ceux qui sont essentiels à la vie, ne soient entretenus dans leur vigueur normale; — 3° que l'affaiblissement des organes essentiels à la vie, est la cause *la plus puissante* des maladies; — 4° qu'ainsi la constipation devient le principe des affections nerveuses, du dépérissement général, de la consomption pulmonaire, et la mère des maladies chroniques; — 5° qu'il s'en suit que presque toutes les maladies peuvent être rapportées aux *dérangements du bas-ventre*; — 6° que l'usage des lavements pour combattre la constipation, est impuissant à prévenir ces maux; — 7° que la constipation devient d'autant plus difficile à détruire que l'on use davantage des lavements; — 8° que leur usage finit par détruire entièrement, chez les personnes qui en font emploi, la faculté de s'évacuer, soit par leur propre intermédiaire, soit par celui des médecines purgatives; — 9° que les médecines purgatives dérangent le système nerveux et diminuent l'énergie vitale; — 10° qu'une constipation plus opiniâtre suit toujours l'emploi de ces médecines; — 11° qu'après avoir guéri le dérangement des intestins, soit la constipation, soit la diarrhée (*dévoiement*) *toutes les autres maladies se guérissent généralement d'elles-mêmes.* Le lecteur voit aussi que la doctrine professée dans ce chapitre est soutenue par de nombreux passages provenant des écrits des médecins suivants : Cabanis, Hallé, Barras, Barbet, Morand, Julia de Fontenelle, Tassy, Girard, Tollard, Crommarias, Abernéthy, James Hamilton, Henry, Todd, Clark, Charles Turner Cooke, Klein, Gramberg, Hopkins, Besuchet, Le Roy-Pelgas, Signoret.

CHAPITRE II.

Idée de son contenu. — Continuation du même sujet. — Dans ce chapitre, le lecteur voit : — 1° que la conservation, comme le recouvrement de la santé, exige que l'on obtienne *une* libre évacuation des intestins *tous les jours;* — 2° que la constipaton produit l'odeur stercorale de l'haleine et déprave l'appétit; qu'elle conduit à la phthisie, à la suspension de toutes les secrétions, aux épanchements séreux, à l'hydropisie et à la mort; — 3° que les maladies chroniques chez les femmes et les jeunes personnes, les écoulements, avec les maux de tête et d'estomac qui les accablent, proviennent généralement de la constipation; — 4° que c'est une erreur funeste de croire que la constipation est un signe de force et de santé; — 5° qu'avec la constipation, on repose sur un volcan; — 6° que la doctrine professée dans ce chapitre, est soutenue par de nombreux passages provenant des écrits des médecins suivants : James Hamilton, de Blainville, Lafisse, Broussais, Besuchet, Le Roy-Pelgas.

CHAPITRE III.

Idée de son contenu. — Dans ce chapitre, le lecteur voit : — 1° des objections invincibles contre l'emploi des lavements dans les cas de constipation *habituelle ;* —2° les maux ultérieurs et certains qu'amène le rétrécissement du rectum, maux qui sont la conséquence *inévitable* de l'usage habituel de lavements *de toutes espèces ;* —3° que l'Ervalenta est le seul moyen de détruire le retrécissement du rectum, et, par conséquent, de rétablir la faculté d'évacuer, lorsque, par l'usage de lavements, elle est affaiblie ou *même perdue totalement.*

CHAPITRE IV.

Idée de son contenu. — Dans ce chapitre, le lecteur voit : — 1° les objections invincibles des docteurs Henry et Requin, contre l'emploi des médecines purgatives dans les cas de constipation *habituelle ;* — 2° qu'il y a des cas où nous ne voudrions pas porter atteinte à l'emploi des purgatifs.

CHAPITRE V.

Idée de son contenu. —Dans ce chapitre, le lecteur voit : — 1° que l'Ervalenta est un moyen NATUREL, simple et agréable contre la constipation habituelle, et qu'elle la détruit *totalement ;* — 2° que cette substance fait fonctionner les intestins *journellement*, librement et sainement ; — 3° que l'usage de l'Ervalenta, après quelque temps, devient superflu, les évacuations, par l'effet de son emploi, ayant lieu *spontanément* toutes les vingt-quatre heures ; — 4° que l'Ervalenta est un aliment, une farine nutritive, un produit naturel ; — 5° que cet aliment est plus facile à digérer que tout autre connu : — 6° que par son usage, la Digestion la plus pénible devient bientôt *la plus facile;* qu'en employant cet aliment, la GASTRITE et les GASTRALGIES même très-anciennes se guérissent, et que les personnes devenues FAIBLES et MAIGRES, retrouvent promptement leurs forces primitives : — 7° que les guérisons qui s'opèrent par suite de l'emploi de l'Ervalenta, *ne coûtent rien* à proprement parler, parce que cette substance, qui est une nourriture par excellence, est déjà bien moins chère, considérée sous le seul point de vue de la nourriture, que presque tout autre aliment que l'on pourrait prendre dans l'état de maladie; par conséquent, le malade n'aura pas fait *réellement* le moindre déboursé, pour avoir obtenu par l'intermédiaire de l'Ervalenta, le rétablissement de sa santé; — 8°que l'Ervalenta convient à tout état de santé, et même à tout état de maladie où la moindre nourriture est permise.

CHAPITRE VI.

Idée de son contenu. — Dans ce chapitre, le lecteur voit la manière d'apprêter l'Ervalenta et de s'en servir; et il apprend également que 60 grammes (*deux onces*), qui ne coûtent que 20 centimes environ, suffisent, dans la plupart des cas, pour le repas d'une seule personne.

CHAPITRE VII.

Idée de son contenu. — Dans ce chapitre, le lecteur voit: — 1° quelles sont les SEULES personnes qui peuvent espérer un résultat satisfaisant de l'Ervalenta; — 2° que l'Ervalenta n'est qu'un aliment tout simplement, et *nullement* une médecine; — 3° que c'est à cause de sa nature *essentiellement* alimentaire et *anti-médicinale* qu'elle est *lente* à produire son effet évacuatif, tandis que la médecine produit le sien *précipitamment;* — 4° que c'est cette différence qui fait que l'Ervalenta guérit et que la médecine aggrave si souvent les maladies; — 5° que la médecine purgative, par son action *prompte, précipitée, impétueuse,* entretient, par exemple, la constipation, la digestion pénible, la gastrite et tant d'autres maladies, tandis que l'Ervalenta, par son action *bénigne, calme, infiniment douce* sur les organes, guérit ces mêmes maladies.

CHAPITRE VIII.

Idée de son contenu. — Dans ce chapitre, le lecteur voit l'utilité de l'Ervalenta pour ceux qui digèrent avec beaucoup de difficulté, à cause de la grande faiblesse de l'estomac. — Les personnes ayant l'estomac faible, sont priées, dans ce chapitre, de constater concurremment avec l'efficacité de l'Ervalenta, la valeur des substances que l'on voit préconisées si fréquemment dans les annonces des journaux, comme étant très nutritives et fort salutaires pour tous ceux qui ont les organes de la digestion faibles; ainsi, ils *vérifieront,* qu'au lieu de soutenir la comparaison, ces substances sont, au contraire, presque toujours *difficiles* à digérer, *peu* nutritives, et qu'elles produisent souvent la constipation *la plus difficile* à détruire.

CHAPITRE IX.

Efficacité de l'Ervalenta pour rétablir promptement, dans leurs forces primitives, les personnes devenues faibles, maigres et délicates.

CHAPITRE X.

Idée de son contenu. — Dans ce chapitre, le lecteur voit les effets *extraordinaires* de l'Ervalenta sur les personnes qui se trouvent même à l'état de santé. Il voit, par exemple : — 1° que l'usage de l'Ervalenta ajoute de la force à la vue et à l'ouïe ; — 2° qu'il rétablit le sommeil réparateur ; — 3° qu'il fortifie la mémoire ; — 4° qu'il donne de l'aptitude dans l'étude et dans les affaires ; — 5° qu'il produit la gaîté de l'esprit et le sentiment de la jeunesse ; — 6° qu'il communique un mieux dans tout l'être, et — 7° qu'en un mot, il procure une jouissance plus complète de toutes les faculté du corps et de l'âme.

CHAPITRE XI.

Idée de son contenu. — Dans ce chapitre, le lecteur voit plusieurs faits d'une haute importance, relatifs à l'éducation physique des *enfants à la mamelle* et de ceux au-dessous de *deux ans ;* et parmi d'autres, que quand l'enfant est nourri en partie d'Ervalenta, au lieu d'être si souvent malade, il possède presque toujours une vigoureuse santé ; qu'il se développe rapidement ; que le travail de la dentition est beaucoup moins laborieux ; que le sevrage lui fait souffrir bien moins ; que la force musculaire et les proportions symétriques distinguent son corps, et que l'intelligence et la gaîté ornent son esprit.

CHAPITRE XII.

Idée de son contenu. — Ici l'Ervalenta est envisagée comme un moyen *constant* pour guérir *les maladies en général.* Dans ce chapitre, le lecteur voit, par exemple, ces deux faits : — 1° que *la maladie provient de l'état morbide des intestins ;* — 2° qu'*en guérissant le dérangement des intestins, soit la constipation, soit la diarrhée, toute autre maladie se guérit en général d'elle-même et en peu de temps ;* — 3° il voit de plus, que cette doctrine, si précieuse et si remarquable par sa simplicité, est appuyée par de nombreux passages provenant des écrits des médecins *célèbres* suivants : Abernéthy, James Hamilton, Cabanis, Hallé, Hoffman, Portal, Broussais; et aussi par le professeur Eberle, Charles Turner Cooke, Scudamore, Requin, Marcq, Signoret, Guibert, Hopkins; — 4° que de pareils passages se trouvent dans les écrits de Dessault, Richter, Schmucker, Fischer, Scarpa, Andouillé, Bertrand, Cheston, Gondret, Lafisse, de Blainville, Le Roy-Pelgas, Todd, Clark, Lebau, Klein, Lavolly; — 5° qu'une foule de passages pareils se trouvent dans les anciens écrits d'Hippocrate, de Celse et de Gallien, aussi bien que dans les livres des grands maîtres en médecine des temps comparativement récents, tels que Sydenham, Cullen, Huxham, Brown, Baglivi, Morgagni, Tissot, Haller, Stahl, Stoll; — 6° que cette même doctrine est celle de l'hygiénisme de la Grande-Bretagne; — 7° il voit *comment* il arrive que le rétablissement des intestins est suivi de la guérison des autres maladies; et, — 8° qu'il suit comme conséquence *rigoureuse* de cette doctrine, que l'Ervalenta, qui guérit les dérangements des intestins, *doit nécessairement guérir aussi les maladies en général*. Ce fait, d'une importance *infinie*, est d'ailleurs confirmé par les Documents, les Certificats, etc.,

CHAPITRE XIII.

Idée de son contenu. — Dans ce chapitre, le lecteur voit qu'il y a quatre faits établis par le chapitre précédent, qui concernent intimement : — 1° tout malade quelle que soit sa maladie; — 2° toute personne âgée qui est accablée prématurément d'infirmités; —3° tous ceux qui s'occupent sérieusement de se préserver des maladies, et — 4° toutes les personnes qui désirent donner à eur vie toute l'étendue qui est dans les conditions de la nature humaine.

CHAPITRE XIV.

Idée de son contenu. — Dans ce chapitre, le lecteur voit : — 1° l'importance de l'Ervalenta sous le rapport des quatre faits du dernier chapitre ; — 2° que quand la maladie est aiguë et que le malade emploie l'Ervalenta, il traverse les phases morbides avec moins de souffrance et avec moins de danger qu'en prenant tel autre aliment que ce soit ; — 3° que la période parcourue par beaucoup de maladies, est *fortement abrégée*, quand le malade emploie l'Ervalenta ; — 4° que la période de la convalescence est aussi, par la même alimentation, réduite fréquemment à *beaucoup moins que la moitié* de sa durée ordinaire ; — 5° que l'*unique* raison qui fait que les personnes âgées mangent peu, n'ont pas de forces et sont prématurément très-infirmes, c'est la constipation fixe ; — 6° que, par conséquent, donner à ces personnes la liberté du ventre, c'est les délivrer de leurs inffirmités ; — 7° que la constipation fixe n'est pas une affection naturelle aux vieillards, mais entièrement accidentelle ; — 8° il voit quelle est chez eux la cause de sa naissance et de sa persistance ; — 9° que l'usage de l'Ervalenta est le seul moyen de la détruire ; — 10° qu'en détruisant la constipation fixe, et en prévenant son retour, les vieillards demeureront dans l'état de santé ; — 11° que mourir bien des années prématurément par suite de la constipation fixe, c'est le sort de la *plupart* des personnes âgées, parce que cette affection engendre des maladies graves, et précipite les infirmités de la vieillesse ; mais qu'aujourd'hui, le vieillard, par suite de la découverte des propriétés de l'Ervalenta, peut détruire chez lui la constipation, et ainsi empêcher le raccourcissement de ses jours.

CHAPITRE XV.

Idée de son contenu. — Dans ce chapitre, le lecteur voit : — 1° les moyens de s'assurer si ses propres intestins sont dans un état sain ; — 2° que si ses intestins sont dans un état malsain et dérangé, et qu'il permette à cet état de continuer indéfiniment, il arrivera plus tard à coup sûr (peut-être à un moment peu éloigné) qu'il sera frappé de quelque maladie grave, telle qu'un embarras intestinal dangereux, la gastrite, l'enterite, l'hypocondrie, le squirrhe du foie, les palpitations, la rétention d'urine, la fièvre maligne, le rhumatisme, la goutte, l'hydropisie, les convulsions, l'épilepsie, la phthisie, la consomption pulmonaire, la paralysie, l'apoplexie, etc., etc. ; — 3° qu'il y a un grand nombre de personnes qui, sans le soupçonner, ont les intestins dans un état malsain et dérangé ; — 4° il voit quels sont les moyens par lesquels ces personnes peuvent s'assurer si leurs intestins sont en bon ou mauvais état ; et, par conséquent, si l'usage de l'Ervalenta pouvait être efficace pour ramener ces viscères à leur état normal ; — 5° il voit que pour acquérir *indubitablement* cette connaissance, des moyens sont indiqués qui sont aussi infaillibles que l'est le thermomètre pour enseigner le degré de température, que l'est la pendule pour indiquer l'heure ; — 6° que ne pas se sentir malade, est loin d'être une garantie que les intestins ne sont pas en mauvais état ; — 7° il voit pourquoi tant de personnes se trouvent malades ou fréquemment indisposées, à un âge peu avancé ; — 8° pourquoi un si grand nombre d'autres meurent vingt ans, ou même un demi-siècle, avant qu'elles n'auraient dû s'y attendre ; et — 9° que si le conseil que nous donnons était suivi toutes, à peu d'exceptions près, arriveraient à une extrême vieillesse *sans jamais*, ou presque jamais, avoir été malades.

CHAPITRE XVI.

Idée de son contenu. — Dans ce chapitre, le lecteur voit NEUF AFFIRMATIONS SOLENNELLES de notre part relativement à l'Ervalenta ; par exemple : — 1° qu'elle possède la propriété *de détruire totalement* la constipation ; — 2° qu'elle guérit la DIGESTION pénible, la GASTRITE et l'ENTÉRITE, les GASTRALGIES et les ENTÉRALGIES et la PLUPART DES AUTRES MALADIES, soit chroniques, soit aiguës, dont les *viscères abdominaux*, y compris le foie, sont si sonvent affectés ; — 3° que l'Ervalenta n'est autre chose qu'une farine alimentaire toute *pure*, qui ne contient aucune drogue ni autre substance nuisible mêlée avec elle, fait qui a été CERTIFIÉ par l'habile chimiste CHEVALIER, qui fut nommé par le Ministère Public pour faire l'analyse de l'Ervalenta, à l'occasion du procès intenté récemment contre nous, d'abord en Police Correctionnelle, et ensuite devant la Cour Royale de Paris ; — 4° que l'Ervalenta peut être donnée comme nourriture, même aux petits enfants et aux femmes les plus délicates ; — 5° que nous pouvons déclarer que, d'après les résultats obtenus par suite de la grande quantité d'expériences que l'on en a faites, l'Ervalenta est la plus saine et la plus bienfaisante de toutes les substances alimentaires connues.

CHAPITRE XVII.

Idée de son contenu. — Prédiction sur l'avenir de la

médecine. Point de guérison de maladies sans une ANIMALISATION *saine et parfaite* des substances que nous prenons pour nous nourrir; point d'animalisation saine et parfaite de ces substances aussi longtemps que l'appareil abdominal reste plus ou moins dérangé par la maladie, et à cause de cela, incapable d'exécuter ses fonctions de digestion, d'évacuation, etc., parfaitement et sainement; point de guérison du dérangement de l'appareil abdominal, que par l'Ervalenta.

CHAPITRE XVIII.

Idée de son contenu. — Dans ce chapitre, le lecteur voit qu'il y aura avantage à consulter son médecin *avant* de faire emploi de l'Ervalenta.

APERÇU

DE TOUTE LA SÉRIE DES DOCUMENTS,

CONSISTANT EN

CERTIFICATS, ATTESTATIONS, TÉMOIGNAGES ET DÉCLARATIONS,

Dont le texte véridique se trouve dans notre Traité intitulé :

LA CONSTIPATION OPINIATRE, INVÉTÉRÉE ET HABI-TUELLE DÉTRUITE TOTALEMENT.

Nota. Dans chaque cas de cette Série, c'est l'Ervalenta qui a toujours été l'agent de la guérison, quelquefois en y ajoutant de la Mélasse (*dite*) de la Cochinchine. Quand la Mélasse a été employée en même temps que l'Ervalenta, on l'a constamment indiqué.

Idée du contenu de chaque Document.

N· 1. Certificat légalisé de M. J. P. T. BARRAS, docteur en médecine de la Faculté de Paris, chevalier de l'ordre royal de la Légion-d'Honneur, membre de l'Académie royale de médecine de Suède, de la Société médicale d'émulation, et de plusieurs autres sociétés savantes ; médecin honoraire des prisons et du bureau de charité du onzième arrondissement ; auteur du « *Traité sur les Gastralgies et les Entéralgies, ou maladies nerveuses de l'estomac et des intestins,* » demeurant à Paris, rue Saint-Lazare, n. 55. Ce certificat, qui a rapport aux succès obtenus par M. le docteur Barras, dans plusieurs cas différents, au moyen de l'Ervalenta, a été présenté par ce médecin à l'occasion de notre procès devant la Cour Royale de Paris, par suite de l'action intentée contre nous par le Ministère Public. *Le journal du* COMMERCE, 8 *juillet* 1843, *dans son compte rendu dudit jugement, rapporte ce certificat.*

N° 2. Certificat de M. A. CLAISSE, docteur en médecine de la Faculté de Paris, demeurant à Saint-Valérien, arrondissement de Sens (Yonne). Ce certificat, qui a rapport aux succès obtenus par M. le docteur Claisse, dans plusieurs cas différents, au moyen de l'Ervalenta, a été présenté par ce médecin à l'occasion de notre procès devant la Cour Royale de Paris.

N° 3. Témoignage de M. J. JACQUIN, docteur en médecine de la Faculté de Paris, ancien chirurgien des armées et des hôpitaux militaires, demeurant à Paris, rue d'Amboise, n. 6. Ce témoignage est extrait du *Journal des Débats* du 2 juillet 1842, et a rapport aux succès obtenus par M. le docteur Jacquin, dans plusieurs cas différents, au moyen de l'Ervalenta.

N° 4. Témoignage de M. L. HUSSON, docteur en médecine de la Faculté de Paris, demeurant rue Richelieu, n. 45, à Paris. Ce témoignage, qui rapporte plusieurs cas traités avec succès par M. le docteur Husson au moyen de l'Ervalenta, a été envoyé par ce médecin à la Cour, au moment de la plaidoirie de notre avocat, M° Marie, membre de la Chambre des Députés, et lui a été adressé personnellement. *Le Journal du* COMMERCE *du 8 juillet 1843, dans son compte rendu dudit jugement, rapporte ce témoignage.*

N° 5. Témoignage de M. L. PETRON, docteur en médecine de la Faculté de Paris, demeurant à Lisieux (Calvados), rue d'Orbec. Ce témoignage a rapport à deux cas traités avec succès par l'Ervalenta.

N° 6. Témoignage de M. H. TWEFFORD, docteur en médecine de la Faculté de Strasbourg, demeurant à Montbéliard (Doubs). Ce témoignage a rapport à deux cas traités avec succès par l'Ervalenta.

N° 7. Témoignage de M. DELAROCQUE, docteur

en médecine de la Faculté de Paris, demeurant à Rouen. C'est une guérison extraordinaire et éclatante opérée par M. Delarocque, au moyen de l'Ervalenta, sur le fils de M. Foucault-Desnos, négociant, à Flers (Orne). Nous n'avons pas reçu ce témoignage directement de M. le docteur Delarocque lui-même, n'ayant pas l'honneur d'être connu de lui, mais bien de M. Foucault-Desnos, dans l'attestation remarquable que nous avons insérée dans cette série sous le n° 24.

N° 8. Témoignage de M. DIEULAFOY, docteur en médecine de la Faculté de Montpellier, demeurant à Toulouse. Ce témoignage consiste dans plusieurs cas différents de succès obtenus par M. le docteur Dieulafoy au moyen de l'Ervalenta. Nous n'avons pas reçu ce témoignage directement de ce médecin lui-même, n'ayant pas l'honneur d'être connu de lui, mais de M. le comte de Ferrabouc, à Toulouse, dans l'attestation remarquable que nous avons insérée dans cette série sous le n° 36.

N° 9. Témoignage de M. SICOT, docteur en médecine de la Faculté de Paris, demeurant à Bretteville-l'Orgueilleux, près de Caen (Calvados). Ce témoignage consiste dans *la guérison extraordinaire de ce médecin lui-même au moyen de l'Ervalenta.* Nous n'avons pas reçu ce témoignage directement de M. le docteur Sicot, n'ayant pas l'honneur d'être connu de lui, mais de M. E. Aubert, résidant à Bretteville-l'Orgueilleux, dans l'attestation *touchante* que nous avons insérée dans cette série sous le n° 40.

N° 10. Attestation de M. l'abbé WARNET, directeur au séminaire du Saint-Esprit, à Paris, rue des Postes, n° 26. Ce cas consiste en une constipation habituelle pendant DOUZE ANS, en des DIGESTIONS lentes et difficiles, en de fréquentes migraines, en fatigue habituelle de tête, et en étude pénible. *Le Journal du* Commerce *du 8 juillet 1843, dans son compte rendu du procès intenté contre nous, et jugé définitivement à la Cour Royale de Paris, rapporte cette attestation remarquable.*

N° 11. Attestation légalisée de M. F. MORIN, officier en retraite, chevalier des ordres militaires de Saint-Louis et de la Légion-d'Honneur, demeurant à Choisy-le-Roi (Seine). Ce cas consiste dans la guérison extraordinaire et éclatante, obtenue au moyen de l'Ervalenta, d'une constipation habituelle qui datait de VINGT ANS, d'attaques d'APOPLEXIE, de crampes à paralyser, de douleurs de REINS impossibles à décrire, de l'incapacité de marcher, de lever et tourner la tête sans éprouver des évanouissements; enfin, dans l'impossibilité de se tenir dans aucune position. Ce document *très-remarquable* a été présenté par M. Morin à l'occasion de notre procès devant la Cour Royale de Paris. *Le Journal du* Commerce *du 8 juillet 1843, dans son compte rendu dudit jugement, rapporte cette attestation.*

N° 12. Témoignage de M. ALPH. AMY, à Provins (Seine-et-Marne). Ce témoignage a été présenté par M. Amy à l'occasion de notre procès devant la Cour Royale de Paris. Voir encore deux témoignages de M. Amy insérés dans cette série sous le n° 44 et le n° 45.

N° 13 et N° 14. Deux attestations de M. l'abbé DURANTON, curé d'Armeau, arrondissement de Joigny (Yonne). Ce cas consiste dans une constipation qui datait de TREIZE ANS, dans la suppression de la transpiration, dans des CONGESTIONS sanguines à la tête, des fluxions, des douleurs de tête insupportables, des tintouins avec écoulement d'humeurs, dans une GASTRITE qui durait depuis *plusieurs* ANNÉES, et d'autres indispositions de presque tous les genres. L'attestation n° 13 a été présentée par M. l'abbé Duranton, à l'occasion de notre procès devant la Cour Royale de Paris; dans ce document, il confirme l'attestation n° 14 qu'il nous avait envoyée *neuf mois* auparavant, et que nous avons déjà livrée à la publicité dans plusieurs éditions de notre Traité sur la constipation.

N° 15. Attestation de M. ROBETTE, marchand brasseur, à Boussu, près Mons (Belgique). Ce cas consiste en une constipation habituelle depuis DIX ANS, guérie par l'Ervalenta et la Mélasse dite de la Cochinchine. Cette attestation a été présentée par M. Robette à l'occasion de notre procès devant la Cour Royale de Paris ; dans ce document, il confirme le témoignage qu'il nous avait envoyé *huit mois* auparavant, et que nous avons déjà livré à la publicité dans plusieurs éditions de notre Traité sur la constipation.

N° 16. Attestation de M. GENTIL, propriétaire, à Orléans, n° 12, quai du Roi, chemin du Halage. Ce cas consiste dans la guérison extraordinaire et éclatante obtenue par l'Ervalenta et la Mélasse dite de la Cochinchine, d'une constipation habituelle qui durait depuis DOUZE ANS, des maux de tête et d'estomac insupportables, d'une INSOMNIE *totale* pendant environ TRENTE-CINQ ANS, des membres continuellement brûlants, de souffrances internes et continuelles, et d'éblouissements. Cette attestation, qui rapporte encore plusieurs autres cas traités avec succès par l'Ervalenta et la Mélasse dite de la Cochinchine , à été présentée par M. Gentil à l'occasion de notre procès devant la Cour Royale de Paris ; dans ce document, il confirme l'attestation qu'il nous avait envoyée ONZE MOIS auparavant, et que nous avons déjà livrée à la publicité dans plusieurs éditions de notre Traité sur la constipation.

N° 17 et N° 18. Le n° 17 est une attestation, et le n° 18 une lettre ; toutes les deux de M. MONTIGNEUL, à Vitry-le-Français (Marne). Ce cas consiste dans une GASTRITE datant de DIX ANS, et dans une constipation habituelle depuis environ DIX ANS aussi, traitées avec succès au moyen de l'Ervalenta et de la Mélasse dite de la Cochinchine. L'attestation a été présentée par M. Montigneul à l'occasion de notre procès devant la Cour Royale de Paris. Dans la lettre, écrite quatre jours après l'attestation, il nous prie de lui conserver *huit* paquets d'Ervalenta, c'est-à-dire *trente kilogrammes,* et *six kilogrammes* de la Mélasse, dans le cas où nous succomberions dans ce procès.

N° 19. Attestation de M. le chevalier DE MONTREUIL, à Sagy-sur-Vaux (Seine-et-Oise). Ce cas consiste en une constipation habituelle qui datait de VINGT-CINQ ANS. Cette attestation a été présentée par M. le chevalier DE MONTREUIL à l'occasion de notre procès devant la Cour Royale de Paris ; dans ce document, il confirme un témoignage qu'il nous avait envoyé *six mois* auparavant.

N° 20. Certificat légalisé de M. A.-A. LEZ fils, architecte, demeurant à Lorrez-le-Bocage, précédemment à Fontainebleau. Ce cas consiste en une GASTRITE d'environ TROIS ANS de date, et une constipation habituelle depuis DIX-HUIT MOIS. Ce certificat a été présenté par M. Lez à l'occasion de notre procès devant la Cour Royale de Paris; dans ce document, il confirme l'attestation qu'il nous avait envoyée *quinze mois* auparavant, et que nous avons déjà livrée à la publicité dans plusieurs éditions de notre Traité sur la constipation.

N° 21 et N° 22. Deux attestations de M. FOUCAULT-DESNOS, négociant, à Flers (Orne). Ces attestations ont rapport à quatre cas différents, dans lesquels l'Ervalenta a eu un plein succès. Le premier cas, celui du fils de M. Foucault-Desnos, consiste en une GASTRITE d'environ UN AN, une constipation habituelle de HUIT MOIS, une DIGESTION pénible, un manque total d'appétit, des douleurs violentes de l'estomac, du DÉPÉRISSEMENT effrayant, d'une flatuosité extrême, en douleurs depuis l'estomac jusqu'à la gorge, en coliques terribles, en bourdonnement dans les oreilles, en crachements presque continuels, en douleurs à la cuisse et aux genoux, — guéris au moyen de l'Ervalenta et de la Mélasse dite de la Cochinchine, par M. le docteur Delarocque, de Rouen. Dans ces attestations se trouve le texte entier de l'ordonnance de ce médecin. Le deuxième cas consiste en une GASTRITE datant de VINGT ANS. Le troisième cas consiste en une GASTRITE qui durait depuis CINQ ANS. Le quatrième cas consiste dans une maladie générale et une constipation habituelle. Ces attestations ont été présentées par M. Foucault-Desnos à l'occasion de notre procès devant la Cour Royale de Paris.

N° 23. Attestation de M. L. FOUCAULT, à Flers (Orne). Ce cas consiste dans une GASTRITE de VINGT-DEUX ANS de durée, dans une constipation habituelle très-ancienne, une DIGESTION pénible, la nécessité d'une abstinence prolongée et souvent réitérée de toute nourriture (à l'exception d'un peu d'eau sucrée), et dans l'affaiblissement des forces. Cette attestation a été présentée par M. L. FOUCAULT à l'occasion de notre procès devant la Cour Royale de Paris.

N° 24. Certificat de M. N. DUGUÉ, à Flers (Orne). Ce cas consiste dans une constipation habituelle très-ancienne, une DIGESTION pénible, et dans une impossibilité de manger pendant quinze jours de suite, si l'on excepte des choses minimes prises très-rarement. Ce certificat a été présenté par M. Dugué à l'occasion de notre procès devant la Cour Royale de Paris.

N° 25 et N° 26. Deux attestations de M. l'abbé SERGENT, au petit Séminaire d'Angers (Maine-et-Loire). Ce cas consiste en une constipation habituelle depuis DIX ANS, en maux de tête fréquents, et en CONGESTIONS sanguines à la tête. L'attestation n° 25 a été présentée par M. l'abbé Sergent à l'occasion de notre procès devant la Cour Royale de Paris. Dans ce document, il confirme l'attestation n° 26 qu'il nous avait envoyée *onze mois* auparavant, et que nous avons livrée à la publicité dans plusieurs éditions de notre Traité sur la constipation.

N° 27. Attestation de M. ZEVORT père, avocat, à Bourges (Cher). Ce cas consiste en une constipation habituelle qui datait de VINGT ANS. Cette attestation a été présentée à l'occasion de notre procès devant la Cour Royale de Paris.

N° 28 et N° 29. Deux attestations de M. LEFEBVRE aîné, au Mans, rue Auvrai, n° 41. Ce cas consiste dans une GASTRITE qui datait depuis QUARANTE ANS, et dans une constipation habituelle datant de plus de VINGT ANS. L'attestation n° 28 a été présentée par M. Lefebvre à l'occasion de notre procès devant la Cour Royale de Paris; par ce document, il confirme l'attestation qu'il nous avait envoyée *dix mois* auparavant, et que nous avons déjà livrée à la publicité dans plusieurs éditions de notre Traité sur la constipation. De plus, M. Lefebvre nous a envoyé, à des époques différentes, plusieurs autres témoignages d'une pareille nature, qu'il s'était fait un plaisir de nous écrire, tant était grande la reconnaissance qu'il ressentait pour le bien qu'il avait obtenu de l'Ervalenta. Le n° 29 est un des témoignages dont nous venons de parler; il nous l'a envoyé environ *onze mois* avant la précédente attestation.

N° 30 et N° 31. Deux attestations de M. MALET, capitaine en retraite et chevalier de la Légion-d'Honneur, à Héry (Yonne). Ces deux attestations ont rapport à sept cas traités avec succès par l'emploi de l'Ervalenta. Le premier cas, celui de M. Malet lui-même, consiste dans une constipation habituelle et dans des douleurs dans les intestins; le deuxième cas, celui du fils de M. Gamard, d'Héry, consiste en une DIARRHÉE, en une RÉTENTION D'URINE, une impossibilité de dormir, une prostration totale des forces, et une toux avec crachats considérables. Le troisième, le quatrième et le cinquième cas consistent dans la constipation habituelle; le sixième cas consiste dans la GASTRITE et la DIGESTION pénible; le septième cas consiste dans la

GASTRITE. L'attestation, n° 30, a été présentée par M. le capitaine Malet à l'occasion de notre procès devant la Cour Royale de Paris. Par le deuxième cas de ce document, qui a rapport au fils de M. Gamard, d'Héry, M. le capitaine Malet confirme l'attestation n° 31 qu'il nous avait envoyée environ *cinq semaines* auparavant.

N° 32. Attestation de M. l'abbé SEVAUX, premier professeur au petit Séminaire, à Mortain (Manche). Ce cas consiste en une constipation habituelle datant de longues années, en mal de tête et débilité. Cette attestation a été présentée par M. l'abbé Sevaux à l'occasion de notre procès devant la Cour Royale de Paris.

N° 33 et N° 34. Deux attestations de M. L. SORDET, à Genève (Suisse), ancien professeur du collége académique de Genève, actuellement Conservateur des Archives du canton de ce nom. Ce cas consiste en une constipation habituelle datant *de loin*, en débilité effrayante des nerfs et de l'estomac, et en débilité générale. L'attestation n° 33 a été présentée par M. Sordet à l'occasion de notre procès devant la Cour Royale de Paris; dans ce document, il confirme plusieurs autres témoignages qu'il nous avait envoyés dans le courant des DIX-HUIT MOIS précédents, et que nous ne rapportons pas dans notre Traité, à l'exception de celui numéroté 34, qui est du nombre.

N° 35. Attestation de M. DELAMARE-BENOIST, négociant, à Rouen. Ce cas consiste dans la constipation habituelle depuis *long-temps*. Cette attestation, qui a rapport à plusieurs autres cas traités avec succès par l'Ervalenta, a été présentée par M. Delamare-Benoist à l'occasion de notre procès devant la Cour Royale de Paris.

N° 36. Attestation de M. le comte DE FERRABOUC, à Toulouse, place Lafayette, n° 5. Ce cas consiste en une constipation habituelle depuis VINGT-CINQ ANS, et en souffrances générales guéries au moyen de l'Ervalenta et de la Mélasse (*dite*) de la Cochinchine. Cette attestation, qui rapporta à plusieurs autres cas traités avec succès par l'Ervalenta et par la Mélasse, a été présentée par M. le comte de Ferrabouc à l'occasion de notre procès devant la Cour Royale de Paris.

N° 37. Attestation de M. BARBIER, officier en retraite, à Rouen, rue de la Seille, n° 1. Ce cas consiste en une constipation habituelle dès l'ENFANCE, une forte débilité de l'estomac, des douleurs perpétuelles de cet organe, un accablement de douleurs dans tous les membres, et l'incapacité de marcher. Cette attestation a été présentée par M. Barbier à l'occasion de notre procès devant la Cour Royale de Paris. Dans cette attestation, M. Barbier nous prie, si par malheur nous venions à perdre notre cause, de l'en prévenir, afin qu'il puisse prendre quelques paquets d'Ervalenta chez madame Gosset, notre dépositaire à Rouen.

N° 38. Attestation de M. DELEUZE, négociant, à Roquemaure (Gard). Ce cas consiste en une constipation habituelle depuis plusieurs années, une INDIGESTION, embarras d'estomac, INSOMNIE, etc. Cette attestation, qui rapporte deux autres cas traités avec succès par l'Ervalenta, a été présentée par M. Deleuze à l'occasion de notre procès devant la Cour Royale de Paris; par ce document, il confirme une attestation de la même nature qu'il nous avait envoyée *plusieurs mois* auparavant.

N° 39. Attestation de M. F. GARDIOL, à Bonnieux

(Vaucluse). Ce cas consiste en une constipation habituelle de VINGT ANS, en maux de tête fréquents, en
douleurs presque continuelles dans les jambes, en pul-
sations, défaillances, INSOMNIE, DIGESTION pénible, traités avec succès par l'Ervalenta et par la Mélasse dite de la Cochinchine. Cette attestation, qui rapporte un autre cas traité avec un égal succès par l'Ervalenta et la Mélasse, a été présentée par M. Gardiol à
l'occasion de notre procès devant la Cour Royale de
Paris. Par ce document, M. Gardiol confirme l'attestation de la même nature qu'il nous avait envoyée *dix
mois* auparavant, d'Apt (Vaucluse), et que nous avons
livrée à la publicité dans plusieurs éditions de notre
Traité sur la constipation.

N° 40. Attestation de M. E. AUBERT, à Bretteville-
l'Orgueilleux, près de Caen (Calvados). Ce cas consiste
en une maladie générale et grave. Cette attestation rapporte un autre cas, traité avec succès par l'Ervalenta ,
celui de la guérison de M. le docteur Sicot, médecin de
la Faculté de Paris, demeurant aussi à Bretteville-l'Orgueilleux, au moyen de l'Ervalenta. M. le docteur Sicot
souffrait d'une maladie grave, et était dans un état de
DÉPÉRISSEMENT horrible.

N° 41. Témoignage de madame la SUPÉRIEURE des
Dames Religieuses, au couvent à Autun (Saône-et-Loire).

N° 42. Déclaration de M. JACQUET, à Montfort-l'A-
maury (Seine-et-Oise). Ce cas consiste en une constipation habituelle datant *de loin*, et des HÉMORRHOIDES.

N° 43. Déclaration de madame BETOUT, à Paris,
rue du Faubourg-du-Roule, n° 44.

N° 44 et N° 45. Deux témoignages de M. ALPH.

AMY, à Provins (Seine-et-Marne). Ce cas consiste dans le succès qui a suivi le traitement au moyen de l'Ervalenta et de la Mélasse dite de la Cochinchine. Ces deux témoignages nous ont été envoyés à cause de notre procès en Police Correctionnelle de Paris, et l'on s'est référé à ces attestations lors du procès devant la Cour Royale. *Le Journal du* COMMERCE *du 8 juillet 1843, dans son compte rendu dudit jugement, rapporte aussi ces deux témoignages.* Voir également le témoignage de M. Amy, n° 12.

N° 46. Déclaration de M. BONEAU-GUERINEAU, à Châtellerault (Vienne). Ce cas consiste en une maladie générale et grave.

N° 47. Attestation de Madame M., qui donne au public un renseignement sur son médecin, M. le docteur JACQUIN, à Paris, rue d'Amboise, n° 6. Ce cas consiste en une PARALYSIE datant de HUIT ANS, dans la constipation habituelle depuis HUIT ANS, dans l'IN-SOMNIE, les Vertiges, l'irritation de l'estomac et des entrailles, et dans des douleurs continuelles des NERFS.

N° 48. Attestation de M. l'abbé SIGNORET, curé de Melve, arrondissement de Sisteron (Basses-Alpes). Ce cas consiste dans la DIGESTION difficile et la constipation habituelle.

N° 49. Attestation de M. le baron BRADY DE LOGTHÉE, à Paris, place Royale, n° 15. Ce cas consiste dans une constipation habituelle de *quelques années*, un bourdonnement dans la tête, un tintement aux oreilles, des douleurs *rhumatismales*, la permanence des saburres dans les voies digestives, et dans une affection nerveuse.

N° 50. Deux attestations de M. Nicolas François

GARDECHE, à Reims (Marne), rue de Chativelle, n° 32. Ce cas consiste en une GASTRITE datant de QUATORZE ANS, dans la DIGESTION difficile et une constipation habituelle depuis QUATORZE ANS, la mélancolie, le sommeil agité, la pesanteur de tête, — une mauvaise bouche, — les yeux abattus, — l'ouïe pénible, — l'estomac chargé, — le ventre résistant et douloureux, — les côtés durs et pleins, — des renvois aigres, — la respiration courte et un malaise général. La dernière de ces deux attestations, comme pour confirmer complétement la première, nous a été envoyée par M. Gardèche DEUX MOIS après la première. Nous l'avons mis à la suite de la première et sous le même numéro.

N° 51. Attestation de M. PASQUET, à Saint-Benoît-sur-Sarthe, par Chemiré-le-Gaudin. Ce cas consiste en constipation habituelle depuis CINQUANTE ANS.

N° 52. Témoignage de M. l'abbé E. LEDUC, au petit Séminaire d'Angers (Maine-et-Loire). Ce cas consiste dans la constipation habituelle.

N° 53. Déclaration de M. SCHREIBER, graveur, à Clermont-Ferrand (Puy-de-Dôme). Ce cas consiste dans la constipation habituelle, et les HÉMORRHOIDES.

N° 54. Attestation de M. DE LASIAURE, propriétaire à Paris, rue Rousselet-Saint-Germain, n° 11. Ce cas consiste en une constipation habituelle depuis SIX ANS.

N° 55, N° 56, et N° 57. Trois attestations de Mademoiselle DE MULLER, à Fribourg (Suisse), rue des Places, n° 102, avenue de la Porte-des-Étangs. Ce cas consiste en une DIARRHÉE habituelle depuis environ QUATORZE ANS, — de souffrances provoquées par les changements atmosphériques, —en rhumes continuels, — en toux affreuse, — en DIGESTION pénible, — en vents excessifs, — en infirmités et en souffrances habituelles, — en froid glacial, — en maux de dents horribles, — en névralgies effroyables, — en RHUMATISMES, — en sciatique continuelle, — en courbatures, — en fluxions sur les yeux et sur les oreilles, — en faiblesse et lassitude excessives du corps, — en jambes tremblantes et vacillantes, — en manque de sommeil, — en expectoration abondante, — en peu d'appétit, — en affaiblissement des facultés morales et de la force de l'esprit, — en irrésolution, hésitation, et perte de la mémoire.

N° 58. Témoignage de Madame SAINTE-URSULE, religieuse, au Couvent de Saint-Joseph, à Saint-Sauveur (Loire).

APPENDICE.

L'Appendice contient des dénonciations de Contrefaçons nombreuses, et des indices pour les reconnaître.

FIN.

Il est de rigueur que toute lettre venant de qui que ce soit, adressée à la Maison Warton, soit affranchie, pour n'être pas refusée.

Nous avons établi le prix minime de *quinze* centimes pour le Précis (*édition du peuple*), afin que cet ouvrage si *utile* puisse être propagé, même parmi les classes les moins aisées ; — pour qu'il n'existe pas une famille qui n'en possède un exemplaire. De plus, de ces *quinze* centimes, nous en accordons *dix* aux libraires, afin de les mettre à même d'activer la propagation de cet ouvrage par tous les moyens possibles.

TRAITÉ

SUR LA

CONSTIPATION HABITUELLE

DÉTRUITE PAR

L'ERVALENTA.

Ce TRAITÉ sur la Constipation, dont le PRÉCIS n'est qu'un aperçu, se vend chez tous les libraires de Paris et des départements, et à la Maison WARTON, à Paris, rue Richelieu, n° 68 (*lieu de sa publication*), au prix de 2 fr. 50 c., ou 3 fr. 10 c. *franco* par la poste; mais pour l'avoir par la poste, il faut s'adresser à la Maison Warton seulement. La lettre contenant la commande doit être *affranchie*, et contenir un bon sur la poste pour 3 fr. 10 c. Cette même Maison expédie l'ouvrage *franco*, et toujours par le premier courrier.

ÉDITION DE LUXE.

Prix : 50 centimes.